For Austen —

   Best Regards and
   Thank you for helping
      children.

   [signature]

To Austen,

   Sending you lots of
   happiness and friendship

   [signature] Sherry

A Key to the Heart

A Bi-lingual Collection of Afghan Folk Tales

Adapted by Laura Simms

Translated by Mariam Massarat - Foudeh & Abdul Halim Shayek

Produced by Shelley Lewis Designed by ArtAID

Illustrated by children from Afghanistan and America

Chocolate Sauce™

Printed by Worzalla

Requests for permission to make copies of any part of this work should be made to the following address: Permissions
Department, Chocolate Sauce Publishing, Inc. The Storytelling Suite #3, 814 Broadway, NY, NY, 10003

www.chocolatesauce.org

Library of Congress Cataloging in Publication Data
ISBN 0-9740268-0-8

INTRODUCTION

A Key to the Heart has been a joyful collaboration between myself, the translators, scholars, the inspiring staff of School of Hope, Media for Humanity, Kathleen Cox, designers from ArtAID, friends and our Chocolate Sauce Publisher. All of us share the intention of connecting children in Afghanistan and America, and furthering the cause of peace and friendship throughout the world. Stories have always brought people together. The wisdom, humor and beauty alive in these Afghan tales are offered to delight, to heal, to inspire and open the heart.

Some of these stories have traveled between cultures for hundreds of years. With each new teller and each new time of history, a story is retold. Each reader becomes the magic stage on which the tale unfolds. Stories bridge cultures and promote compassion and understanding in this way. In this reciprocity, they have the innate capacity to enrich and expand our view of self and other to include what is different and often unexplainable.

Along with health, housing and security, each human being needs the sustenance of the heart, a sense of wellbeing, and the ability to dream of a meaningful future. Embracing the world within the imagination is the first step toward recognizing our shared responsibility in a world in need of renewal and peaceful dialogue.

We have designed this book to support the work of SCHOOL OF HOPE. The sale of the book will help SoH send much-needed funds to Afghanistan. SoH was started in 2000 by Afghan expatriates and concerned Americans living in New York City. It is dedicated to establishing educational opportunities in rural areas of Afghanistan and bringing about cross-cultural awareness among nations in our global village. Education is the tool that changes society and it is the foundation stone for the future of Afghan people. It helps to maintain peace during these times of nation building.

In 2002, SoH began its School-to-School program, which connects American schools with schools in Afghanistan in order to foster mutual understanding, tolerance and respect. Many of the illustrations created by children in this book are a result of SoH's partnership with PS 3 in New York City, and an Afghan school in Ghazni, a province southwest of Kabul. Children at PS 232 in Far Rockaway also contributed drawings.

Media for Humanity is an organization of media professionals making a difference. Its emphasis is on helping children worldwide with an aim towards inspiring positive action in the fields of health and education.

Chocolate Sauce Inc is a unique publishing endeavor dedicated to creating books that nurture spiritual growth and emotional wellbeing. Its mission is to bring happiness, harmony and delight to children of all ages.

I am a storyteller and a writer. My work has always been in service of uncovering and strengthening wisdom and compassion in the world. I have adapted the stories especially for this book, for this time, with the help of Margaret Mills, scholar, and Afghan friends. In all cases we have tried to maintain the cultural integrity of the tales.

A key to the Heart includes a special page for American children to add their own drawings and wishes to individual books, which will be sent as gifts to children in provinces where SoH is building schools. We are sharing in the restoration and growth of Afghanistan at this time.

Helping others is helping ourselves. Our wish is that the stories in this book will bring children together from America and Afghanistan.

May these stories and wishes go into the world as they always have and gather up the hearts of children and adults everywhere in the embrace of kindness and understanding.

by Laura Simms

To create trust...

...we begin with the hearts of children.

The Stories

The Blind Men & The Elephant

This is one of the most popular teaching tales in the world. It is known throughout all of Central Asia, Persia and India, and was said to be told by the 13th century mystic, a great Sufi poet, born in the city of Balkh, now in Afghanistan. His name is known by everyone as Jalaluddin Rumi.

There was once a city where everyone was blind. Not far from the city, a King was camped with his huge, awe-inspiring elephant. The people of the city, hearing about the elephant, longed to know what it looked like. A group of blind men were sent to the King's camp to learn about the creature. The plan of the blind men was to have each person feel the large beast with their hands. Then, they could make a full report to the others.

One man touched the trunk, another the legs, another the tail, still another the belly, and the last stroked the great elephant's tusks. Each person was convinced that they now knew and understood the elephant. Once they returned to the city, people asked to hear about the shape and nature of this famed animal.

The man who had touched the trunk announced, "The elephant is a very unusual and flexible creature whose body is long, supple, and hollow. It moves like a serpent."

1

Puffing up his chest, the second man reported, "My friend is mistaken. The elephant is in the shape of four pillars made of hard skins. It stands firmly on the earth."

The third man nearly laughed out-loud, "My friends have not paid attention. Their hands are insensitive. The elephant is a gentle beast more like a shaggy rug than a pillar or a serpent. It is much smaller than one would expect of a being with such a large reputation."

The fourth man announced with confidence, "My friends seem to be dreaming. The elephant is a large round creature at once soft to the touch, and firm."

The last man to touch the elephant, shook his head, assured that his friends were fools, "It is certain that my companions are wrong. The elephant is as solid as silver and curved upward as if it was reaching toward the sky."

In that city, the fools are still arguing and the wise people are laughing.

2

The Bird's Gift

One day when the King of Herat was hunting, he and his hunters saw a beautiful bird circling above them. They were startled by the sight of the bird and lowered their bows and arrows to watch it. The bird flew closer and closer to the earth, until it alighted on the ground beside them. The King could not take his eyes from the bird and ordered no one to harm it.

Suddenly, a snake slithered out from a hole in the earth and wrapped itself tightly around the bird. Without hesitation, the eldest son of the King lifted his bow and arrow and took aim. The prince's arrow landed a hairsbreadth from the snake. Frightened, the snake let loose its hold on the bird and disappeared into the earth. The bird shook its feathers, called out twice, and flew safely away.

The King said, we did not kill the bird because of its beauty and you did not harm the snake because of its swiftness.

The Prince answered, "It is true. I could neither kill nor wish harm to the bird or the snake." When asked later that day what they had hunted, the King said, "We hunted for food, but we feasted on the beauty of nature."

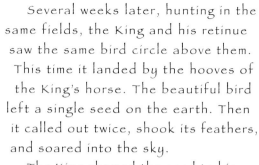

Several weeks later, hunting in the same fields, the King and his retinue saw the same bird circle above them. This time it landed by the hooves of the King's horse. The beautiful bird left a single seed on the earth. Then it called out twice, shook its feathers, and soared into the sky.

The King showed the seed to his gardener and his physician. Neither had ever seen one like it. So, the King showed the seed to his astrologer, who advised him to plant it immediately beneath the sun. After several days, a tall vine began to grow. It climbed and wound over the stone walls of the King's garden and within weeks, small plump purple fruits appeared. The King tasted the tiny fruits and delighted in their sweetness.

The astrologer placed some of the fruits in a bowl and left them to sit for forty days. The bowl soon filled with red liquid. The smell was both bitter and sweet. Tasting it, the astrologer sighed happily.

The Prince tasted it, then the physician, the gardener, the judge, the general of the royal army, ten servants, two Princesses and at last the Queen and the King. All agreed that it was delicious. And all asked for their cups to be filled again.

The beautiful bird brought the gift of grapes to Afghanistan. Even today when someone sees grapes growing in Herat, they are reminded of how the beauty of a bird and the swiftness of a snake stopped a King from hunting, and a Prince from killing. Their appreciation of the natural world brought a sweet fruit to all the people, and the even sweeter fruit of understanding to their country.

The Seven Sisters

The Legend of BabaKhar Kash, the old grass seller

There was once a grass seller and his wife who had seven daughters. No matter how hard they worked there was never enough of anything for the entire family. One day, the foolish man said to his wife, "Tomorrow I will take our children to a place where nut trees grow thick and leave them alone. We cannot feed them any longer." Sadly, his wife agreed to the cruel plan.

The next day the father took the girls to a dense thicket far from their home. He warned them to wait and not to look for him as he gathered nuts, "If you look at me, I will be turned into an animal," he said. Then, he climbed and leaped from tree to tree, until he left his daughters far behind him. He prayed as he walked that they would be spared. As the sun went down and the grove grew dark, one of the girls, fearing that her father was lost, looked up. She saw a creature in the trees and began to weep, "I have caused our father to turn into an animal."

The seven girls held one another saying, "We are lost and we are alone." Being strong-willed girls, they set off into the night. They vowed to help one another. "Together we can find food, and find our way home to help our poor mother." But they could not find their way home. Before dawn, they came to an ancient fortress whose huge doors stood open. Seeking shelter, they went inside. They found themselves in a silent and empty stone castle. They walked from room to room until they came to a door that was shut and locked. On the lintel above the door was a key. The eldest daughter climbed on the back of one of her sisters, reached the key, and opened the door. To their great astonishment, they saw a handsome young man wearing

brocaded robes lying on the floor in the corner of the room. He stood up and greeted them, "Do not fear. I will not harm you. I am a prisoner. A giant owns this castle. Two times every day he comes to feed me. You must leave or you too will be caught. If I attempt to leave this room, he will kill us all."

The youngest daughter, whose heart beat wildly at the sight of the young man said, "Is there no way to save you?"

The prince answered, "The giant who lives in the bottom of a dark well takes his terrible power from a white bird that he has captured. Deep in the castle cellar is the well and deep in the well is an iron cage. In that cage is the white bird. If someone set the bird free, the giant could no longer do harm. But it is an impossible task. Three times I have tried and three times the giant in the well has stopped me."

One of the sisters said, "Perhaps we seven sisters could find the well."

The young man answered, "Do not risk your lives. The giant will find you. It is best if you leave me here. This is my miserable destiny."

The sisters insisted, "We will try our best. We have lost everything and have nothing more to lose." The prince shared his meal and wished them luck.

The seven sisters locked the massive doors, leaving the prince in the room, and went in search of the well. They climbed down stone steps after stone steps, deeper and deeper into the castle, until they came to the cellar where they found the well. It descended far into the earth. The dank wet smell of the water made them feel faint. But the youngest sister saw a rope. She urged her sisters, "We must pull the rope with all of our strength." They pulled and pulled until they raised up an iron cage. Inside the cage was a beautiful white bird. Just as one sister was about to open the cage door, they heard a loud and terrifying sound coming from deep inside the well. It was the voice of the giant. "DO NOT OPEN THE CAGE."

Four sisters including the one who held the cage fell backwards in terror. The youngest sister caught the cage and pulled open the

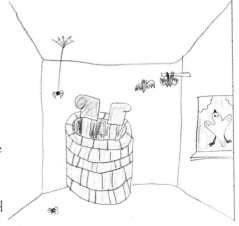

cage door. She reached in and took the white bird in her hands. Its heart beat with great power as she held it tightly. Again, the giant called out and this time the sound of his voice was so horrible that two more sisters fell to the ground from fear. The youngest sister was so afraid that she held the bird in her hands even tighter and began to shake, not letting it loose.

The eldest sister called out to her, "Let the bird free."

They heard a clanging resounding sound as the giant tried to rise up from the well. The youngest sisters hand seemed stuck to the bird. But the bird itself pecked at her fingers and waking as if from a dream, she let the bird free. The youngest sister fell backwards onto her six sisters and they watched as the white bird circled higher and higher and flew away through a small window.

As the bird vanished, the giant's hand reached up from the well. His voice was now pitiful, "Pull me up!" he cried. But, suddenly, the hand disappeared and the sound of the giant tumbling downward, into the dark waters beneath the castle, echoed until it was silent again.

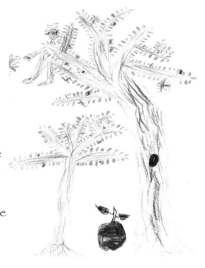

The girls rested against one another until their hearts were calmed. The only sound they heard was the cry of the bird calling in the distance as it flew to freedom. They rushed to the prince and set him free. He was overcome with gratitude and could not say a word. But his eyes met the eyes of the youngest princess and they fell in love.

They traveled together a long way to the Prince's Court in the city of Kabul. Everyone rejoiced at their arrival. The seven sisters were welcomed and given rooms in the castle. Before long the youngest daughter of the grass seller and his wife became betrothed to the Prince of Kabul. Before the wedding, the girls requested that their mother be brought from their village.

To their surprise, their father was still alive and came with their mother to Kabul. The true story was told and the sisters forgave their parents. Their parents wept with joy to be reunited with their children and said they had not rested a single day since the girls were abandoned. Regretting their action, the father had searched many times with no luck for his daughters.

The entire city took part in the celebration and the sisters were honored. The grass seller and his wife were given a new home and they all lived in the Kingdom. It is said that once a year on the

anniversary of the day that the white bird was freed, it flew over the city and rested in the royal gardens. Its joyful cry was heard by one and all in the ancient city of Kabul.

About a Moustache

There were once two men from two different tribes who were friends, and both lived in the city of Kabul. Both men were married and had two children each. One man was a shopkeeper and the other was a merchant. For many months they had not seen one another.

One day, quite by accident, the two friends met in the Bazaar. The merchant had grown a long moustache that extended beyond his cheeks and twisted upward at each end.

The shopkeeper, seeing the moustache, was suddenly filled with anger. "There should be a law against growing such a long moustache!" he said, without greeting his friend.

"What does it matter?" answered his friend as he twisted the ends of his moustache to make it stand taller.

"It matters greatly," responded the first. "Such a moustache implies that you are braver than I am. I know you are not."

Immediately offended by the comment, the merchant said, "You are wrong. I am not only braver but stronger than you. I travel while all you do is sit in your shop." Growing more and more irritated, the shopkeeper shouted, "I challenge you to a duel with swords tomorrow morning."

"I accept," said the friend, who smiled so the moustache twitched and appeared thicker.

Both men stared at each other with fury. Then the merchant said, "I am worried about our families. What should happen if one of us dies?"

The shopkeeper replied without a moment's thought, "Good point."

It is best if we send our families to the mountains to live. They can find refuge in a small village or cave. A city is more dangerous for women than men. And better they have hardships in the mountains than suffer the loss of life without either of us, who are the source of their strength and intelligence. Without us their lives are not worth living. Perhaps we should consider killing them. Then, we can fight without worry and settle this question of moustaches."

"It is enough to send them away," said the other.

Having come to a decision the two men parted making a plan to meet the next morning outside the Bazaar to settle their argument properly.

The well-shaven friend went home and boasted to his wife and children about the terrible battle he was about to fight in order to prove his point. He explained how difficult their lives would be in the city without him should he die. "I have decided to send you away to live in the mountains for your own good."

The wife, convinced of the intelligence of her husband and bound by duty, began to pack her things without hesitation. She dismantled the home where she had lived her entire married life. Then, she said goodbye to her husband and neighbors as her children wept leaving their friends and relatives behind. Her husband watched as they left by foot to climb into the harsh hills.

Satisfied with his actions, the shopkeeper spent the evening sharpening his sword.

On the other side of the city, the man with the moustache returned home. His wife greeted him at the door. She urged him to rest as she prepared a pot of cardamom tea. He sat down to contemplate the coming battle. But as he drank his tea he had time to think about the reason for the fight. The more he thought about the next day, the more foolish the argument sounded. Thus, as soon as he finished the tea, he shaved off his moustache and asked his wife to cook a feast.

"I will return home shortly and we will have a celebration."

Then he left to find his friend, thinking what fools they had been and how he nearly lost his family and possibly his life over nothing but pride.

Having sent his wife and children away, the hairless friend remained furious. He jumped up and down and shouted, waving his sword impatiently, preparing for the confrontation. Suddenly, there was a knock at the door. Seeing his friend standing before him, he announced, "I am already prepared to defeat you. I have sent my wife and children away."

The merchant said softly, "I did not come for battle. When I returned home and drank tea with my wife, I thought about what we had argued over. It was simply pride that caused me to twirl my long moustache, and pride that caused us to think of fighting. So, I have removed the source of our discord. I shaved my moustache. My friend, our friendship and our families are more important than the hair on my lip."

The angry friend came to his senses. He replaced the sword in its sheath and looked at his empty house. That night he set off to find his family. He knew he could not live without them. The merchant went home to celebrate a true victory; victory over his own foolishness.

The Legend of the Golden Hill

an Afghan Cinderella story

Not far from the old city of Bagram there is a beautiful hill of golden sand. It is believed that deep within the hill lives a great saint and a holy woman who sits beside him. They are preparing to return to the world to bring peace and happiness for everyone. At the foot of the hill is the entrance to a cave where fresh green grass always grows. No one dares enter the cave. But, there is a story about a brave girl who once did.

There was once a girl who was very unhappy. Her kind mother had died and she was left to live with her father and a jealous stepmother who gave her difficult tasks and never spoke a kind word. The girl knew no joy or rest, but she never complained.

One day she and her friends were gathering fresh grass at the base of a mountain, when the girl saw the dark entrance to a cave. She was irresistibly drawn to enter it. "Let us go inside," she said. Her friends were afraid and rushed home. But the girl whose arms were filled with fresh grass went on alone where her friends had feared to go.

As she walked deeper and deeper into the cave, it filled with a radiant light. She heard the sound of horses, silver horns, and a drum beating in the distance. Then she saw horsemen and women wearing magnificent capes riding toward a man seated on a throne.

The man spoke to the girl in the most gentle voice, "Dear child, you are welcome here. Your kindness brought you here. Come close and sit beside me. You can stay here as long as you please, or return to your home. It is your choice. But now that we have met, you will never be forgotten."

"I have to return to my stepmother," she said.

"Then ask for anything you wish," the saint replied.

She said meekly, "May I have your blessings?"

He gladly prayed for her. And as his prayers filled the cave, she felt all of her sorrow vanish. In the cave, time did not exist and the girl thought only moments were passing.

The Saint said, "When you go home, do not tell anyone what you have seen within this cave." The girl agreed.

Then, within seconds she found herself on the path to her house carrying the same fresh grass that she had held the entire time, in her chadar.

She rushed home. Her stepmother was surprised and angry when she saw the girl. She had been away for many years and the stepmother was glad to be rid of her. Immediately the woman scolded her, "Your friends returned and they are long married and have children. You selfishly have stayed away denying me help and support."

17

The stepmother insisted, "Tell me where you have been and what you have done." The girl refused to speak. The stepmother was unrelenting. The girl attempted to create a story, but nothing satisfied the wicked woman.

At last, she told her about the entrance to the cave hoping that would satisfy her stepmother's curiosity. "How stupid you are to enter a strange place. What were you doing all of this time?"

The stepmother could not stop insisting that the girl tell her everything. The girl neither defended herself nor grew angry. As she stood before the stepmother, her heart began to fill with as much light and warmth as the sun. It made the wicked stepmother more furious.

Not knowing what to do to help the miserable old woman, the girl closed her eyes and thought of the holy Saint, the splendid horses and the fresh grass that she held in her arms. She prayed to return to the Saint in the cave. At that moment, the grass she held began to grow to the earth. It took root all about her, until the girl was covered by grass. Then a hill of golden sand appeared and seemed to swallow her. She returned to the cave, but to the stepmother it appeared as if she disappeared.

Startled by the miracle, the stepmother's heart opened and she began to weep. Her tears watered the grass.

Deep within the cave, the girl sat by the feet of the Saint again surrounded by his holy horsemen and women.
It is said, she sits there still, waiting beside the Saint until the day they will return to our world. The golden hill can still be seen beside the mountain surrounded by grass that is always green.

The Key to the Heart

There was once a rich man in Kabul who was a miser. He hated to spend his money. He delighted in hoarding it. The miser housed his family in a tiny cottage, never visiting anyone for dread of having to give a gift. His only desire in life was to grow wealthier and wealthier.

One day, while walking near the gates of the city, he heard a hissing sound. He saw a beautiful little snake whose crown was shining like the finest ruby. It was trembling with fear. The delicate snake was being chased by a large snake. Taking pity on the little snake, the miser lifted a boulder and hurled it at the other, who was instantly killed. The little snake slithered away to safety. Then the miser put the snake out of his mind and started home, bringing his family a measly parcel of bread and carrots for dinner.

That night two well dressed strangers appeared at his door. They said to the miser, "You have done a good deed today. We will bring you to a place where you will be rewarded." The miser was excited. He dreamed of receiving gold, although he could not remember doing anything to help anyone but himself and the one little snake.

They walked beyond the city gates not far from where the miser had seen the snake. The strangers stopped by an old cemetery.

Suddenly, the miser grew afraid. But his hosts said, "Do not fear. We will not harm you."

Then the two men warned him, "You will be offered treasures of gold and jewels. But, be careful!! If you are overtaken by greed, you will be punished. When asked what you want, say only, ' I wish to receive myself.' The miser thought it was a strange instruction, but he listened, because he wanted a reward.

They ordered him to close his eyes and pushed him through an unseen door. When he opened his eyes before him was a magnificent garden as beautiful as paradise. There were nightingales and colorful birds, dancing girls with the faces of angels, pathways covered with brocaded carpets where musicians sat on golden stools.

In the center of the garden an old man wearing a crown was seated on a gold throne. He welcomed the miser. "Thank you for saving my daughter."

The miser was confused, "Your daughter? I saved only a snake today."

The King, whose name was Shah Balsal laughed. "At the moment we appear to you as human beings. However

21

we are Jinns. We are half spirit and half human, and we can change our shape at will. The Prince of the Dark World fell in love with my daughter. She refused his proposal, and he has pursued her relentlessly. This afternoon, she took the shape of a snake, so he chased her in the form of a large snake. You saved her life and destroyed our enemy."

The Shah ordered his servants to bring gifts to the miser. He wanted to take everything that he saw. But each time he thought of the warning of the two strangers, he refused the gifts. He hoped to receive something even more valuable. The Shah offered more and more gold, and more and more precious gifts, which the miser refused.

Finally, the Shah asked, "What do you want?"

He said haltingly, "I want myself."
The Shah smiled and gave him a blue box. When
the miser opened the box, he found an ordinary
key inside of it. The Shah hung the key from a
silk cord around the miser's neck.

The Shah said, "May you be blessed, and at last find yourself.
There is no greater wealth."

Within seconds the miser
found himself back in his
wretched cottage, seated
across the table from his
children in tattered clothes.
His wife set down a hardened
loaf of bread on the table
for their meager dinner. Nothing had changed except the miser's
eyes. He saw his family in rags in a miserable house and understood
what he had done in the name of greed.

He said, "I am a rich man and I have created suffering when it
is not necessary."

He wept and vowed that he would not only improve his family's
condition, but that of all those in need. He sent his children to the
market to buy food. Then he set the blue box in a place where it
could always be seen.

That night, after they had eaten a good meal, the man told
the story of all that had come to pass. The now generous and far
happier man explained, " The lock that bound my heart has finally
been opened, for I received the gift of myself."

PS232   DanielleKase
C1302   2/24/03

Dear children,

I hope you and your
family can get throughthee
tough times. hope your
School can getrebuilt.
It can get rebuilt because
were going to help.

            Sincerly
            Danlle Kase
            age 9
            class 302

My favorite story in A Key to the Heart is:

_____

This is my picture.

The letters and drawings in this book have been created by children in America and Afghanistan. We encourage you to use this foldout as a place to share your own wish, drawing or message with others.

Attached is a postcard for the recipient of this book to send a postcard to you. Please fill in the address where this can be sent.

This is my story.

_____

_____

_____

_____

_____

_____

_____

_____

_____

_____

_____

_____

_____

_____

_____

_____

_____

_____

_____

Everyone has a story to tell. Here is a place to write your story.

داستان مورد علاقه‌ی من که کلید به قلب است

این تصویر من است .

On the front of this postcard is a drawing by:

Below is a space for a note.

Chocolate Sauce

To:

The Children

نقاشی شده بوسیله کودکان افغانستان و ایالات متحده آمریکا

Illustrated by the Children of Afghanistan and the United States

Saraube Valley Girl School in Ghazni Province

Anrefa Hossein	عارفه حسین
Sediga Issa	صدیقه عیسی
Marzia Hossein	مرضیه حسین
Zeinab	زینب
Rakheba Abass	راخبه عباس
Fatema Nabi	فاطمه نبی
Fanzela Abdul Rahim	فاضله عبدالرحیم
Wahida Hossein	وحیده حسین
Bibi Sima Gol Sayed Bagir	بی بی سیما گل سید باقر
Shekylan Abass	شکیلان عباس

New York City Public School 3 Class 405

Gabriella Maya Ben-Yaish, Allwyn Avalos, Jose Dela Cruz, Celine Chadwick, Garreth O'Brian, Catherine Abigail Payne, Hunter Cavat Gore, Rosiel Agnamonte, Abelene Eyra Campbell, Stephany Restreps, Alice Severs, Leo Oliveira, Mollie Gibson, Elon Sayles, Kenny Kerr-Beauchamp, Lena Kuchera, Jennifer Vanegas, Tiffany Saherese, Samantha Scalfani, Alan Tung

New York City Public School 232 Class 302

Melanie Vargas, Ryan Karen, Marisel Moscoso, Robert Turim, Dominique Vedder, Danielle Kase, Amanda Rizzuto, Brandon Montalvo

Diana Mercier Sorrentino, Christopher Lewis
&
Columbia Grammar and Preparatory School

Notes for Stories

Thanks to Dr. Margaret Mills, foremost scholar of Afghan oral literature from University of Ohio and Laura Simms

The Blind Men and the Elephant

Each man had felt only a part of the whole. In the same way no single person knows all the knowledge of the world or the meaning of all the stories. We perceive ourselves, the world, and one another through our indivdual perception. Such is the cause of great conflicts, or the source of great wisdom and humor. (LS)

The elephant here, in the fullest sense, is not "life" or any particular situation, but the Divine, which we are all seeking to understand through mundane experience. (MM)

The Birds Gift

Wine was often mentioned in Persian Poetry but in the last years before the war only the tiny remnant of Jews living in Herat still made wine. In the Muslim religion wine is forbidden. (MM)

About a Moustache

The bustling colorful world of an Asian Bazaar is the place where merchants and friends meet for shopping, tea and social meetings. In some countries in the East, the bazaar is also the place where stories were told and heard. (LS)

Before the fanatic reign of the Taliban, women played a vital role in Afghan society, even if the family structure was predominantly patriarchal. Women could be as highly educated as men, they were teachers and doctors, and received great respect from their husbands. (MM)

About a Moustache was originally written for Mercy Corps, Inc: "Becoming the World" by Laura Simms

Golden Hill

This tale is a legend, said to be based on a miraculous event. It is a very Afghan story. For many children in Afghanistan, especially girls, it is thought that peace from unpleasant family situations can only be found in the next world. A Chadar is the traditional robe worn by women that covers the entire body. (MM)

Bibliography

A Selected List of Books of Stories and Information About Afghan Culture

Levin Theodore. "The Hundred Thousand Fools of God: Musical Travels in Central Asia (and Queens, New York)." (Indiana University Press, Bloomington, 1996).

Parker Barrett and Javid Ahmad. "A Collection of Afghan Legends." (Afghan Book Publisher and Book Dealer, Kabul, 1972).

Zimmern Helen. "The Epic of Kings." (The Macmillan Company, New York, 1926).

Shah Idries (collected by). "World Tales: the Extraordinary Coincidence of Stories Told in all Times, in all Places." Pp.84-85, (Harcourt Brace Jovanovich, New York and London, 1979).

Mills Margaret A. "Rhetoric and Politics in Afghan Traditional Storytelling." (University of Pennsylvania Press, Philadelphia, 1991).

Dorson Richard M. "Folktales Told Around the World." Pp.209-238, (The University of Chicago Press, Chicago and London, 1975).

"Folktales of Afghanistan." (Learners Press, Ltd., New Delhi, 1999).

Courlander Harold (editor). "Ride with the Sun: an Anthology of Folk Tales and Stories from the United Nations." Pp.60-62, (Whittlesey House, McGraw-Hill Book Company, Inc., New York, 1955).

Baltuck Naomi. "Apples from Heaven." pp.26-29, (Linnet Books, North Haven, 1995).

Shah Safia (collected by), "Afghan Caravan." (more information on www.ishkbooks.com/focus4).

کلیدی به قلب

مجموعه ای از داستانهای
محلی افغانی به دو زبان

اقتباس کننده لارا سیمز

تهیه شده توسط ساس
چاکلیتی

ترجمه : مریم مسرت ـ فوده

نقاشی شده بوسیله کودکان افغانستان و ایالات متحده آمریکا

داستانها

دان نابینا و فیل

این داستان یکی از محبوب ترین داستانهای آموزنده در دنیا میباشد. این د
در تمام آسیای مرکزی ، ایران و هندوستان شناخته شده میباشد. اینطور گ
میشود که این داستان بوسیله یک شاعر بزرگ صوفی متولد شهر بلخ (اک
در افغانستان واقع شده است) نوشته شده است. این شاعر در همه جا به نا
جلال الدین رومی شهرت دارد.

یکی بود یکی نبود غیر از خدا هیچکس نبود. در روزگاران قدیم شهری بود که
همه مردم آن نابینا بودند. در نزدیک آن شهر پادشاهی با یک فیل بسیار بزرگ
و هیبت انگیز خیمه زده بود. مردم آن شهر که درباره آن فیل شنیده بودند آرزو
میکردند که بدانند آن فیل چگونه حیوانی است. گروهی از آن افراد نابینا به
خیمه شاه رفتند تا درباره آن حیوان اطلاعاتی به دست بیاورند. پلان آن مرد
های نابینا این بود که هر شخصی با دستش آن حیوان کلان را لمس کند. بعدا
این اشخاص درباره فیل یک راپور کامل به دیگران بدهند.

مرد اولی به خرطوم فیل دست زده و دیگری به دمش دست کشید. یکی به
شکمش دست زد و آخرین مرد عاج های فیل کلان را لمس کرد. هر یک از این
مردان اطمینان داشتند که فیل را بخوبی میشناسند و میدانند که چه نوع حیوانی
است. وقتی آنها به شهر برگشتند مردم میخواستند راجع به شکل و ماهیت این
حیوان معروف بدانند.

1

مردی که به خرطوم فیل دست زده بود گفت: " فیل یک حیوان عجیب و غریبی است که دارای بدنی نرم و قابل انعطاف است که بلند و میان خالی است. این حیوان مانند مار حرکت میکند.

مرد دوم با غرور خود را نشان میداد و اینطور راپور داد: " دوست من غلط میکند. فیل به شکل چهار ستون بوده که از پوستهای ضخیم ساخته شده است. فیل روی زمین با استحکام می ایستد"

مرد سوم که نزدیک بود با صدای بلند بخندد گفت:" دوستان من درست توجه نکرده اند. دستهای آنها به اندازه کافی حساس نیست. فیل یک حیوان نرم بوده مانند یک قالی پشم دراز و مانند ستون و یا مار نیست. فیل از یک حیوانی که شهرت به کلانی دارد بسیار خرد تر میباشد".

مرد چهارم با اطمینان اعلام کرد :" اینطور بنظر میرسد که دوستان من در خواب هستند. فیل یک حیوان کلان و گرد میباشد که در عین اینکه نرم بوده محکم نیز میباشد ".

آخرین مردی که به فیل دست زده بود سرش را تکان داد و به همه اطمینان داد که دوستانش آدمهای احمقی هستند و اینطور گفت :" واضح و روشن است که همراهان من غلط میکنند. فیل به محکمی نقره بوده و سرش به طرف بالا میباشد مانند اینکه میخواهد به آسمان برسد".

تا به امروز در آن شهر مردمان احمق هنوز با یکدیگر جرو بحث میکنند و اشخاص عاقل (به آنها) میخندند.

هدیه پرنده

یکی بود یکی نبود غیر از خدا هیچکس نبود. در روزگاران قدیم روزی پادشاه هرات به شکار رفته بود. او و دیگر همراهانش یک پرنده بسیار زیبا دیدند که بالای سر آنها دور میزد. آنها که از دیدن پرنده تعجب کرده بودند تیر و کمانهایشان را پائین آورده و مشغول تماشای پرنده شدند. آن پرنده به زمین نزدیک و نزدیک شد تا آنکه در روی زمین فرود آمد. پادشاه که نمیتوانست چشم از پرنده بر دارد امرکرد که هیچکس به پرنده آزاری نرساند.

ناگهان ماری از سوراخی در زمین بیرون آمد و خودش را محکم به دور پرنده پیچید. بدون درنگ، کلانترین پسر پادشاه تیر و کمانش را بالا برد و نشانه گرفت. تیر شاهزاده به فاصله یک تار مو از مار به زمین خورد. مار که ترسیده بود پرنده را رها کرد و در زمین ناپدید شد. پرنده پر هایش را تکان داد دو بار صدا کرد و بعد پرواز کرد و رفت. پادشاه گفت :" من پرنده را بخاطر زیبائیش نکشتم و شما بخاطر سرعت و چابکی مار نتوانستید به او صدمه ای بزنید ".

شاهزاده جواب داد:" درست است. من نه میتوانستم و نه میخواستم که مار و یا پرنده را بکشم و یا به آنها صدمه بزنم". وقتی ازیشان بعدا سوال شد که امروز چه چیز شکار کرده اند پادشاه جواب داد ما به شکاربرای غذا رفتیم ولی از زیبائی طبیعت لذت بردیم ".

چندین هفته بعد هنگامی که پادشاه و همراهانش در همان شکارگاه مشغول شکار بودند همان پرنده را دیدند که بالای سرشان دور میزند. این بار پرنده نزدیک سم اسب شاه به زمین نشست. آن پرنده زیبا یک عدد تخم روی زمین گذاشت. بعد دو بار صدا کرد، پر هایش را تکان داد و به آسمان پرواز کرد. پادشاه تخم را به داکتر و باغبان خود نشان داد. هیچکدام چنین چیزی تا آنوقت ندیده بودند. سپس پادشاه تخم را به ستاره شناس نشان داد و او که متوجه استثنائی بودن آن شده بود به پادشاه گفت که فورا آنرا زیر نور خورشید بکارید. بعد از چند روز یک درخت تاک شروع به رشد کردن نمود. این درخت

4

به دور دیوار های سنگی باغ شاه پیچید و در ظرف چند هفته میوه های بنفش آبداری ظاهر شد. پادشاه از آن میوه های بسیار خرد چشید و از شیرینی آنها خیلی خوشش آمد.

ستاره شناس شاه مقداری از آن میوه ها را برای مدت چهل روز در یک ظرف گذاشت. آن ظرف پر از مایع سرخ رنگی شد. بوی آن در عین حالی که تلخ بود شیرین و خوب هم بود. ستاره شناس وقتی آنرا چشید با خوشحالی آهی کشید. ابتدا شاهزاده آنرا چشید و بعد داکتر و باغبان وجنرال اردوی شاهی و ده خدمتکار و دو شاهزاده و بالاخره ملکه و پادشاه همه آنرا چشیدند. همه گفتند که خوشمزه است و خواستند که گیلاسهایشان دوباره پر شود.

آن پرنده زیبا انگور انگور را به افغانستان هدیه داد . حتی امروز هم اگر کسی ببیند که در هرات انگور حاصل میشود به یاد میاورد که چطور زیبائی یک پرنده و سرعت و چابکی یک مار باعث شد که پادشاه پرنده را شکار نکند و شاهزاده مار را نکشد. علاقه آنها به دنیا و طبیعت باعث شد که این میوه شیرین به همه مردم ارزانی بشود و از آن میوه شیرین تر ، ثمر فهم و ادراک برای تمام مردم کشور بود.

5

هفت خواهر

از داستان "بابا خرخش" ، سبزی فروش پیر

یکی بود یکی نبود غیر از خدا هیچکس نبود. در روزگاران قدیم سبزی فروشی زندگی میکرد که هفت دختر داشت. این سبزی فروش و زنش هر قدر کار میکردند هیچوقت مایحتاج خانواده را نمیتوانستند فراهم کنند. روزی این مرد احمق به زنش گفت:" فردا فرزندانمان را به جائی میبریم که درختان چهار مغز کلان وجود دارند و همانجا آنها را رها میکنیم. ما دیگر نمیتوانیم شکم آنها را سیر کنیم. زنش با ناراحتی با این پلان بیرحمانه موافقت کرد.

روز بعد پدر دختر ها آنها را به یک جنگل انبوه دور از منزلشان برد. او به دختر هایش اخطار داد که صبر کنند و هنگامی که او مشغول جمع آوری چهار مغز میباشد دنبال او نگردند. او گفت :" اگر به من نگاه کنید من بصورت یک حیوان در میایم". بعد او از درخت بالا رفته و از این درخت به آن درخت پرید تا زمانیکه از دختر هایش بسیار دور شد. او همانطور که میرفت دعا کرد که دختر هایش صدمه نبینند.

وقتی که خورشید در حال غروب کردن بود و هوا در آن بیشه تاریک میشد یکی از دختر ها که میترسید پدرش گم شده باشد سرش را بالا کرد. او یک حیوان را در درختها دید و شروع به گریه کردن کرد و گفت:" من باعث شدم که پدرمان تبدیل به یک حیوان بشود".

آن هفت دختر دست همدیگر را گرفتند و گفتند: "ما گم شده ایم و تنها هستیم".
چون آن دختر ها اراده قوی داشتند با وجود تاریکی شب به راه افتادند. آنها عهد
کردند که به یکدیگر کمک کنند. " اگر ما با هم باشیم میتوانیم غذا پیدا کنیم و
همچنین راه خانه خود را پیدا کرده تا به مادر بیچاره خود کمک کنیم. اما آنها
نتوانستند راه خانه خود را پیدا کنند.

آنها قبل از طلوع خورشید به یک قلعه قدیمی رسیدند که دروازه هایش باز بود.
آنها داخل قلعه شدند. آنجا یک قصر سنگی خالی و ساکتی بود. آنها از یک اتاق
به اتاق دیگر رفتند تا به یک در رسیدند که قفل بود. بالای در یک کلید بود.
کلانترین دختر به پشت یکی از خواهرانش بالا شده ، کلید را برداشت و در را
باز کرد.

با تعجب بسیار آنها یک جوان بسیار خوش قیافه را دیدند که جامه های زربفت
به تن داشته و در گوشه اتاق خوابیده بود. او از جایش بلند شد و به آنها سلام
کرد و گفت:" نترسید. من شما را اذیت نخواهم کرد. من زندانی هستم. این قصر
متعلق به یک دیو میباشد. او در روز دوبار به من غذا میدهد. شما باید الان
بروید وگرنه او شما را هم اسیر میکند. اگر من سعی کنم که از این اتاق بیرون
بروم او همه ما را خواهد کشت. خرد ترین دختر ، که به محض دیدن آن جوان
قلبش شروع به طپیدن کرد پرسید:" آیا راهی برای نجات شما وجود دارد؟"

شاهزاده جواب داد:" آن دیو درته یک چاه تاریک زندگی میکند وتمام قدرتش را از پرنده ای سفید رنگ که آنرا هم بدام انداخته بدست میاورد. آن چاه در زیر زمین قصر بوده و در اعماق چاه یک قفس آهنی وجود دارد و در آن قفس یک پرنده سفید وجود دارد. اگر کسی بتواند آن پرنده را آزاد کند آن غول دیگر نمیتواند به کسی صدمه بزند ولی انجام این کار غیر ممکن است. من سه دفعه سعی کرده ام ولی هر بار آن دیو داخل چاه جلو من را گرفته است.

یکی از خواهران گفت:" شاید ما هفت خواهر بتوانیم آن چاه را پیدا کنیم."

آن مرد جوان جواب داد:" جان خود را به خطر نیندازید". آن دیو شما را پیدا خواهد کرد". بهتر است شما من را همینجا رها کنید. این سرنوشت شوم من میباشد.

خواهر ها اصرار کردند که :" ما سعی خود را خواهیم کرد. ما همه چیزخود را از دست داده ایم و دیگر هیچ چیز برای ما باقی نمانده است". شاهزاده مقداری از غذایش را به آنها داد و برای آنها آرزوی موفقیت کرد.

آن هفت خواهر دروازه های کلان را قفل کرده و شاهزاده را در اتاق گذاشتند و به جستجوی چاه رفتند.. آنها از پله های سنگی پائین رفته و بیشتر و بیشتر به داخل قصر رفتند تا به زیر زمینی که چاه در آن بود رسیدند. آن چاه بسیار عمیق بود. بوی رطوبت و نم چاه باعث شد که حالت ضعف و سستی به آنها دست بدهد. اما خواهر خرد ترچشمش به یک طناب افتاد و به خواهرانش اصرار کرد که :" ما باید با تمام قدرت طناب را بکشیم". آنها طناب را آنقدر بالا کشیدند تا یک قفس آهنی بیرون آمد.داخل قفس یک پرنده بسیار زیبا وجود داشت. همانطور که یکی از خواهر ها میخواست در قفس را باز کند یک صدای بلند و ترسناک از داخل چاه به گوش رسید. آن صدا صدای دیو بود .
" در قفس را باز نکنید".

چهار تن از خواهر ها از جمله آن خواهری که قفس را گرفته بود از ترس به عقب رفت. خرد ترین خواهر قفس را گرفت ودر آنرا باز کرد. او دستش را داخل قفس کرده و پرنده سفید را در دستهایش گرفت. قلب پرنده همانطور که دختر او را گرفته بود به شدت می طپید. دوباره آن دیو صدا کرد و این مرتبه صدایش آنقدر ترسناک بود که دو تن دیگر از خواهر ها از ترس و وحشت به

زمین افتادند. خرد ترین خواهر ها آنقدر ترسیده بود که پرنده را در دستش با فشار گرفته و شروع به لرزیدن کرد و لی پرنده را آزاد نمیکرد. کلانترین خواهر ها با صدای بلند به او گفت:" پرنده را آزاد کن" همانطور که دیو سعی میکرد خودش را از چاه بیرون بکشد یک صدای جرنگ جرنگ که منعکس میشد به گوش آنها رسید.

اینطور به نظر میرسد که دست خرد ترین خواهر ها به پرنده چسبیده است. ولی خود پرنده به انگشتان او نوک زد و آن دختر مثل اینکه از یک خواب بیدار شده باشد پرنده را آزاد کرد. خرد ترین خواهر روی شش خواهر دیگرش افتاد و آنها از یک پنجره کوچک دیدند که پرنده دایره وار بطرف بالا پرواز کرد و رفت. همانطور که پرنده ناپدید شد، دست آن دیو از چاه بیرون آمد. صدایش رقت انگیز بود که فریاد میزد:" من را بیرون بکشید". اما ناگهان دست او ناپدید

شده و صدای پائین افتادن دیو در آبهای تاریک زیر قصر انعکاس پیدا کرد تا سر انجام دوباره سکوت برقرار شد.

دختر ها مدتی به یکدیگر تکیه دادند تا قلبشان آرام شد. تنها صدائی که شنیده میشد صدای پرنده بود که در دور دست آواز میخواند و به سوی آزادی پرواز میکرد. خواهر ها به طرف شاهزاده دویده و او را آزاد کردند. شاهزاده بسیار متشکر و ممنون بود و نمیتوانست حرف بزند.

همه آنها برای مدت طولانی با هم سفر کرده تا به قصر شاهزاده واقع در شهر کابل رسیدند. همه افراد از ورود آنها خوشحال شده به آن هفت خواهر خوش آمد گفتند و به آنها در قصر جا دادند. بعد از مدت کوتاهی خرد ترین دختر و شاهزاده نامزد شدند. قبل از عروسی، دختر ها تقاضا کردند که مادرشان را ازقریه به کابل بیاورند.

دختر ها با تعجب فراوان فهمیدند که پدرشان زنده بوده و همراه مادرشان به کابل آمد. حقیقت بازگو شد و آنها پدر و مادرشان را بخشیدند. پدر و مادر آنها از خوشی گریه کردند و گفتند از روزی که آنها را رها کرده بودند یک روز راحت نبوده اند. آنها از عمل خودشان پشیمان شده بودند و پدر دختر ها به دفعات دنبال آنها گشته ولی موفق نشده بود آنها را پیدا کند.

تمام مردم شهر در شادمانی و جشن شرکت کردند و از خواهر ها تجلیل به عم آمد. به سبزی فروش و زنش یک منزل جدید دادند و همه در آن قلمرو پادشاهی زندگی کردند. اینطور گفته میشود که سالی یکبار در سالگرد روزی که پرنده سفید آزاد شد، آن پرنده روی شهر پرواز کرده و در باغ سلطنتی پائین میاید.
آوای خوش پرنده در شهر قدیمی کابل به
گوش همه میرسید.

درباره یک بروت

یک داستان از کشور افغانستان

مغازه داربدون لحظه ای درنگ جواب داد " نکته خوبی است " بهتراست که خانواده های خود را بفرستیم درکوهستان زندگی کنند . آنها میتوانند به یک قریه کوچک یا به غارپناه ببرند . زندگی درشهر برای زنان خطرناک تراز مردان میباشد . بهتراست که آنها درکوهستان باسختی روبرو شوند تا اینکه از مرگ، بدون وجود ما، رنج ببرند . ما که منبع نیرو و عقل برای آنها هستیم ، بدون وجودما آنها ارزش زیستن ندارند . شاید بهتراست آنها رابکشیم . بدین ترتیب ماميتوانیم بدون ناراحتی جنگ کنیم ومسئله بروت راحل کنیم .

آن دیگری گفت " کافی است که آنها بفرستیم بروند" .
پس ازتصمیم گیری آن دومرد ازهم جداشدند وتصمیم گرفتند که صبح روز بعد دربازار همدیگررا ملاقات کرده تا به اختلافشان رسیدگی کنند .

دوستی که بروت نداشت به خانه اش رفت وبزن وبچه هایش با غرور راجع به جنگ سختی که قرار است فردا بادوستش داشته باشد صحبت کرد (گپ زد) . او به زنش گفت که اگر او بمیرد آنها در شهر زندگی سختی خواهند داشت و به زنش گفت که " من تصمیم گرفته ام که بخاطر خودتان شما ها را به کوهستان

مردتاجر که از این موضوع نا راحت شده بود گفت " شماغلط میکنید . من نه تنها شجاع تربلکه قوی تر ازشماهستم . من مسافرت میکنم ولی شما تنهاکاری که میکنید این است که در مغازه تان می نشینید" .

مرد مغازه دارکه بیشتر وبیشتر عصبانی میشد فریاد کشید " من فرداصبح شمارا به یک دوئل (جنگ دونفره باشمشیر) دعوت میکنم " .

آن دوست جواب داد که من قبول میکنم ودر این حال لبخند زد وبروتش کلانتر بنظر آمد .

هردومرد باخشم به یگدیکر نگاه کردند . مرد تاجر گفت " من نگران خانواده های ما هستم اگر یکی ازمابمیرد چه میشود.

مغازه داربدون لحظه ای درنگ جواب داد " نکته خوبی است " بهتراست که خانواده های خود را بفرستیم درکوهستان زندگی کنند .آنها میتوانند به یک قریه کوچک یا به غارپناه ببرند . زندگی درشهر برای زنان خطرناک ترازمردان میباشد . بهتراست که آنها درکوهستان باسختی روبرو شوند تا اینکه ازمرگ، بدون وجود ما، رنج ببرند . ما که منبع نیرو وعقل برای آنهاهستیم ، بدون وجودما آنها ارزش زیستن ندارند . شاید بهتراست آنهارابکشیم . بدین ترتیب مامیتوانیم بدون ناراحتی جنگ کنیم ومسئله بروت راحل کنیم .

آن دیگری گفت " کافی است که آنها بفرستیم بروند" .
پس ازتصمیم گیری آن دومرد ازهم جداشدند وتصمیم گرفتند که صبح روز بعد دربازار همدیگررا ملاقات کرده تا به اختلافشان رسیدگی کنند .

دوستی که بروت نداشت به خانه اش رفت وبزن وبچه هایش با غروررراجع به جنگ سختی که قراراست فردا بادوستش داشته باشد صحبت کرد (گپ زد) .
او به زنش گفت که اگر او بمیرد آنها در شهر زندگی سختی خواهند داشت و به زنش گفت که " من تصمیم گرفته ام که بخاطر خودتان شما ها را به کوهستان بفرستم."

همسرش که به هوش شوهرش اطمینان داشت ،ازروی وظیفه ، بدون تامل شروع به جمع کردن وسائلش کرد . اوخانه ای را که درتمام طول ازدواجش درآن زندگی کرده بود برهم زد. او با شوهرش و همسایگانش خدا حافظی کرده و بعد درحالیکه فرزندانش اشک میریختند دوستان وفامیل را ترک گفتند و به طرف کوهستان رفتند . شوهرش دید که آنها پای پیاده برای رفتن به کوهستان براه افتادند.

مغازه دارکه از این کار احساس رضایت میکرد تمام شب را به تیز کردن شمشیرش پرداخت .

درآن سوی شهر مرد بروتی به خانه اش برگشت. زنش دم دربه استقبالش امد . زنش ازاوخواست که استراحت کرده وبرایش یک چائیک چای باهیل دم کرد . اونشست وبه جنگی که درپیش داشت فکرکرد . همانطورکه چای خودرا مینوشید درباره علت جنگشان فکرمیکرد. هرچه بیشتر درباره فردا فکرمیکرد بیشتر به احمقانه بودن اختلافشان پی میبرد. بنابراین بمحض اینکه چای خودرا تمام کرد بروتش را تراشید واززنش خواست که غذای زیادی درست کند .

"من زود برمیگردم وجشن خواهیم گرفت" . وبعد دنبال دوستش رفت وفکرکردکه چقدر کم عقل بوده اند وچطورنزدیک بود به سادگی جان خود و خانواده اش را بخاطرغرورش ازدست بدهد .

مردبدون مو که زن وفرزندانش را فرستاده بود هنوز عصبانی بود . اوبالا وپائین میپرید وفریاد میزد درحالیکه بی صبرانه شمشیرش راتکان میداد وآماده جنگ میشد . ناگهان ضربه ای به در خورد . اوکه دوست خودرا روبروی خودش دید گفت " من حاضرم که شمارا شکست بدهم . من زن وفرزندانم رافرستاده ام رفته اند" .

مرد تاجر به آرامی گفت من برای جنگ نیامده ام . وقتی به خانه برگشتم
وبازنم چای خوردم راجع به موضوع دعوای ما فکرکردم . تنها غروربودکه
باعث شد که من بروتم را تاب بدهم وغرورما بودکه مارابفکرجنگ انداخت .
بنابراین من منبع وسرچشمه اختلاف را ازبین بردم . من بروتم را تراشیدم .
دوست من ودوستی ما وخانواده های ما بسیار باارزش تراز موی روی لب
من هستند.

مردعصبانی بخودش آمد .شمشیرش رادرغلاف گذاشت وبه خانه خالی اش
نگاه کرد . آن شب به دنبال خانواده اش رفت که میدانست بدون وجودشان
نمیتواند زندگی کند . دوستش هم به خانه اش رفت تا یک پیروزی واقعی
راجشن بگیرد پیروزی برحماقتش.

تپه طلائی

داستان سیندرلای افغانی

یکی بودیکی نبود غیرازخدا هیچکس نبود. تپه زیبائی ازریگ طلائی درفاصله نه چندان زیادی ازشهرقدیمی بگرام قرارداشت . اینطورگفته میشود که درداخل این تپه یک مرد روحانی ویک زن مقدس که کنار اومی نشیند زندگی میکنند . آنها خودرا آماده میسازند که به دنیا برگشته و صلح وشادمانی را برای همه باخود بیاورند .

درپائین تپه، محل ورود به غاربوده که همیشه سبزه تازه درآنجامیروید . هیچکس جرات ورود به غار راندارد اما یک دختر شجاع یکباراین کاررا انجام داد. درزمانهای قدیم دختری بسیار غمگین زندگی میکرد . مادرمهربان این دختر فوت کرده واو با پدرش ومادر اندر حسودش زندگی میکرد. این مادر اندر کارهای بسیار سخت به اومیداد وهیچوقت با او با مهربانی حرف نمیزد. این دختر نه روی خوشی ونه روی استراحت را دیده بود ولی هیچگاه شکایت نمیکرد .

روزی این دختر ودوستانش درپائین کوه سبزه تازه جمع میکردند که دخترچشمش به در ورودی غارکه تاریک بود افتاد . اوبی اختیار به طرف غارکشیده شد وگفت " بیائید به داخل غاربرویم " . دوستانش که ترسیده بودند بخانه هایشان برگشتند و دختری که دستانش پرازسبزه تازه بود ، به تنهائی به جائی رفت که دوستانش جرات رفتن را نکردند.

همانطورکه اوبیشتر وبیشترپیش میرفت نوری بسیاردرخشان غاررا فرامیگرفت . اوصدای اسپها ، شیپورنقره ای وصدای طبل را ازدوردست می شنید . بعد دید که مردان اسپ سوار وزنان اسپ سوار با شال های بسیار زیبا بطرف مردی که روی یک تخت نشسته میرفتند .

مرد باصدای بسیار آرامی بادختر حرف زد " دختر عزیز، به اینجاخوش آمدی . مهربانی تو ترا به اینجاآورد. بیا پیشتر وپهلوی من بنشین. تومیتوانی هرچقدرکه بخواهی اینجا بمانی ویابه خانه ات برگردی . این بستگی به میل خودت دارد ولی حالا که ما یکدیگررا دیدیم توهیچگاه فراموش نخواهی شد

دخترگفت " من باید پیش مادر اندر خود برگردم "

آن مرد روحانی جواب داد " بنابراین هرآرزوئی داری بگو "

اوباخجالت گفت " میشود من رادعا کنید؟ "

آن مرد روحانی باخوشحالی برای آن دختر دعا کرد . همانطور که صدای دعای او فضای غار را پر کرد تمام غصه ها و ناراحتی های دختر از بین رفت . در غار ، زمان معنائی نداشت و آن دختر فکر کرد فقط چند لحظه گذشته است . مرد روحانی به دختر گفت به هیچکس راجع به آنچه در این غار دیدی چیزی نگو و دختر موافقت کرد . سپس درظرف چند ثانیه دوباره به راهی که به خانه اش میرفت برگشت درحالیکه همان سبزه تازه را که در تمام مدت دستش بود درچادرش باخود حمل میکرد .

او باعجله به خانه برگشت . مادر اندرش از دیدن دختر تعجب کرده و عصبانی شد . او سالها از منزل دور بود و مادر اندر از نبودن او خوشحال بود . مادر اندر فورا شروع به سرزنش او کرد
" دوستانت همه برگشتند و سالهاست که ازدواج کرده اند و تو از روی خود خواهی رفتی و به من کمک نکردی" .

مادر اندر با اصرار میگفت "بمن بگو کجا بودی و چکار میکردی ؟" آن دختر هیچ حرفی نزد. مادر اندر باز هم اصرار میکرد . آن دختر سعی کرد که داستانی درست کند ولی آن زن بدجنس به هیچ وجه راضی نمیشد.

20

بالاخره اوراجع به رفتن به غار به اوگفت و امیدواربود که حس کنجکاوی زن ارضا ء شود.
" چقدرتو احمق هستی که به جائی که نمیشناسی میروی . درتمام اینمدت چه میکردی ؟"

مادر اندر با اصرار میخواست که دختر همه چیزرا به اوبگوید . دختر نه عصبانی شد ونه ازخودش دفاع کرد . همانطورکه روبروی مادر اندرش ایستاده بود قلبش مانند خورشید پرازنوروگرمی میشد . این باعث میشد که مادر اندر بدجنس بیشترعصبانی شود . دختر نمیدانست چطور وبا انجام چه کاری میتواند به آن پیرزن بدبخت کمک کند . اوچشمانش رابست وبه آن مرد مقدس ، اسبهای زیبا وسبزه تازه که دربازوانش گرفته بود فکرکرد . اودعا کرد که پیش آن مردمقدس درغاربرگردد . درهمان موقع سبزه ای را که دردست داشت بجانب زمین رشد کرد وبلند شد . آن سبزه دورتا دور او ریشه دواند تا تمام بدن دخترپوشیده ازسبزه شد . بعد یک تپه ازریگ طلائی ظاهرشد وبنظر رسید که او را بلعید . اوبه غاربازگشت ولی اینطور بنظر مادر اندر آمد که او ناپدید شده است . مادر اندر که ازاین معجزه متعجب شده بود شروع به گریه کردن کرد وقلبش بیدارشد. اشکهای اوسبزه را آب داد .اوبه خانه برگشت تابرای شوهرش ماجرارا تعریف کند .

دراعماق غار ،آن دختردرکنار مردمقدس نشسته ودور تا دورآنهارا اسب سوارها وزنهای مقدس احاطه کرده اند. اینطورگفته میشود که آن دخترهنوزدرکنارمرد مقدس نشسته و درانتظارروزی است که آنها به دنیای ما باز گردند . امروز هم میتوان آن تپه طلائی درکنارکوه را مشاهده کرد که اطراف آن پوشیده از سبزه ای است که همیشه سبزمیباشد.

کلیدی به قلب

یکی بود غیر از خدا هیچکس نبود. در روزگاران قدیم در شهر کابل مرد ثروتمندی زندگی میکرد که بسیار خسیس بود. او اصلا دوست نداشت پولش را خرج کند و از جمع کردن پولش لذت میبرد. خانواده آن مرد در یک خانه محقر زندگی میکردند و خودش از ترس دادن تحفه هیچوقت به دیدن کسی نمیرفت. یکروز وقتی نزدیک دروازه های شهر مشغول راه رفتن بود صدای خش خش شنید. او ماری را دید که تاجش مانند زیبا ترین یاقوت میدرخشید. مار از ترس میلرزید. یک مار کلانتر مار خرد تر را تعقیب میکرد. آن مرد خسیس که دلش به حال مار خرد سوخته بود یک سنگ بطرف مار دیگر انداخت و آنرا کشت. مار خرد تر به جای امنی پناه برد. مرد خسیس قضیه مار را فراموش کرده و در حالیکه مقدار کمی نان خشک و زردک برای شام خانواده اش میبرد به طرف خانه اش براه افتاد.

آن شب دو مرد بیگانه با لباسهای مرتب به در منزلش آمدند. آنها به مرد خسیس گفتند:" شما امروز یک کار نیک انجام داده اید. ما شما را به جائی میبریم که به شما پاداش بدهند". مرد خسیس خوشحال شد. او در خواب میدید که طلا دریافت میکند ولی او به خاطرش نمیامد که جز به خودش و به یک مار خرد به کسی دیگری کمک کرده باشد.

آنها از دروازه های شهر بیرون رفتند و به نزدیک محلی که مرد خسیس مار را دیده بود رسیدند. آن مردان بیگانه نزدیک یک قبرستان ایستادند. ناگهان مرد خسیس ترسید ولی آن دو مرد غریبه به او گفتند :" نترسید. ما به شما آزاری نخواهیم رساند".

بعدا آن دو مرد به او هشدار دادند که :" به شما گنجینه ای از طلا و جواهرات پیشنهاد خواهد شد. اما مواظب باشید که اگر حرص و طمع به شما غلبه کند شما مجازات خواهید شد. وقتی از شماسوال میکنند که چه چیزی میخواهید فقط جواب بدهید " من خودم را میخواهم". آن مرد خسیس فکر کرد که این چه هدایت عجیبی است ولی چون دلش میخواست پاداش بگیرد به آن گوش کرد.

آن مردان بیگانه به مرد خسیس امر کردند که چشمهایش را ببندد و او را به طرف یک در نامرئی تیله کردند. وقتی او چشمهایش را باز کرد در مقابلش یک باغ بسیار زیبا به زیبائی باغ بهشت ظاهر شد. در آنجا پروانگان و پرندگان رنگارنگ وجود داشتند. در آنجا دختران رقاصه ای بودند که صورتهایشان مانند فرشتگان بود و سرکهائی وجود داشت که با قالیهای زربفت پوشیده شده بود. همینطورنوازندگانی بودند که روی چوکیهای طلائی نشسته بودند.

در میان باغ مرد پیری که تاج به سر داشت بر روی یک تخت شاهی طلائی نشسته بود. او به مرد خسیس خوش آمد گفت :" از اینکه دخترم را نجات دادید متشکرم".

مرد خسیس گیج شده بود. دختر شما؟ من امروز فقط یک مار را نجات دادم".

پادشاه که نامش شاه بالسال بود خندید و گفت:" در حال حاضر ما به صورت انسان به نظر شما میائیم ولی ما جن هستیم. ما نیمی روح و نیمی انسان میباشیم و هر وقت که اراده کنیم میتوانیم ظاهر خود را عوض کنیم. شاهزاده " دنیای تاریک" عاشق دختر من شد. دخترم تقاضای او را رد کرد ولی آن شاهزاده دائما به دنبال او میباشد. امروز بعد از ظهر، دخترم به صورت مار در آمد و آن شاهزاده هم به شکل یک مار کلانتر او را تعقیب کرد. شما دشمن را نابود کردید و جان دخترم را نجات دادید.

پادشاه به خدمتکارانش هدایت داد که هدایائی برای آن مرد خسیس بیاورند. او میخواست هر چه که میبیند بردارد ولی هر وقت که اخطار آن دو مرد بیگانه بیادش میامد تحفه ها را رد میکرد. او امیدوار بود که تحفه های گرانقیمت تری دریافت کند. پادشاه طلا و هدایای بیشتری به او پیشنهاد کرد و مرد خسیس همه آنها را رد کرد.

بالاخره شاه پرسید:" شما چه چیزی میخواهید؟".

او مکث کرد و جواب داد:" من خودم را میخواهم".

پادشاه لبخندی زد و جعبه آبی رنگی به او داد. وقتی که آن مرد خسیس جعبه را باز کرد داخل جعبه یک کلید معمولی دید. شاه کلید را به یک نخ نقره ای به گردن او آویخت.

پادشاه گفت :" خداوند به شما توفیق بدهد که بتوانید خودتان را پیدا کنید. هیچ ثروتی بالاتر از این وجود ندارد".

در ظرف چند ثانیه مرد خسیس به کلبه خرابه اش برگشت و روبروی فرزندانش که لباسهای کهنه و پاره به تن داشتند نشست. زنش یک نان خشک بعوض غذای شام روی میز گذاشت . همه چیز مثل سابق بود به جز چشمان آن مرد خسیس. او خانواده اش را با لباسهای کهنه و پاره در یک خانه خرابه دید و فهمید که بخاطر حرص و طمع چه کاری کرده است. او با خودش گفت:" من آدم ثروتمندی هستم وباعث رنج و درد بی مورد و غیر ضروری شده ام".

او گریه کرد و عهد کرد که نه تنها شرایط زندگی خانواده اش را بهتر کند بلکه به هر کسی که احتیاج دارد کمک کند. فرزندانش را به بازار فرستاد که غذا بخرند. بعد جعبه آبی رنگ را در جائی قرار داد که همیشه بتواند آنرا ببیند.

آن شب بعد از اینکه غذای خوبی خوردند ، آن مرد داستان اتفاقاتی که برای او افتاده بود را برای خانواده اش تعریف کرد. آن مرد که حالا تبدیل به یک مرد بخشنده و بسیارخوشحالتر شده بود اینطور گفت:" قفلی که در قلب من بود بالاخره باز شد و من خودم را به عنوان تحفه دریافت کردم".

Acknowledgements

Just as a story is shaped and enriched by the many storytellers and listeners who kept it alive for a long time. A Key to The Heart has been created through the support of many generous organizations and people whose kindness and commitment have made this book possible.

We Sincerely Thank:

The Children supported by School of Hope in Ghazni Province, Afghanistan, in collaboration with PS.3 and PS. 323 in New York City.

ArtAID™, Colorprint Craftsmen Inc., Worzalla, Rocktenn, Jaguar Advanced Graphics, Ecological Fibers, Holland & Knight Charitable Foundation

Natalie Pascale Boisseau, Mariam Massarat-Foudeh, Abdul Halim Shayek, Margaret Mills, Kim Kanner Meisner, Kathleen Cox, Tom Archi, Zolaykha Sherzad, Melanie Siben, Jean Sanchez, Edward Lewis, Dr. Sung Lee, Chris Carra, Lorraine Sakata, Griff Jack, Martha Colburn, Barbara Rudnick, Angela Ruth, Pacha Shehidi, Julie Zuckerman.